4 Décembre 1900

VENTE

F. A. Bridgman

4 Décembre 1900

CATALOGUE

DE

TABLEAUX

PAR

F. A. Bridgman

DONT LA VENTE AURA LIEU

HOTEL DROUOT, SALLE N° 6

Le Mardi 4 Décembre 1900

A TROIS HEURES

COMMISSAIRE-PRISEUR	EXPERT
Mᶜ PAUL CHEVALLIER	**M. GEORGES PETIT**
10, rue Grange-Batelière, 10	12, rue Godot-de-Mauroi, 12

EXPOSITION PUBLIQUE

Le Lundi 3 Décembre 1900

DE UNE HEURE ET DEMIE A CINQ HEURES ET DEMIE

CONDITIONS DE LA VENTE

Elle sera faite au comptant.

Les acquéreurs paieront *cinq pour cent* en sus des prix d'adjudication.

Paris. — Imp. Georges Petit, 12, rue Godot-de-Mauroi.

Quelques Mots de Préface

Voici quelques toiles d'un « peintre de genre » — on le classe généralement dans cette catégorie, — d'un « peintre de genre »..... qui fait aussi, et surtout, autre chose que du « genre ».

Il se complait dans les sujets décoratifs, en les animant d'une vie intense, riche et large. Il ne recule pas devant le portrait ; il y apporte, avec un « métier consommé », tout son bel amour du travail pour le travail, de l'art pour l'art, toute la fougue, constamment renouvelée, de son tempérament complexe et enthousiaste.

Nous aimons les catégories, les « petites cases », les étiquettes qui plaisent à notre paresse..... On a donc fait surtout à F. A. Bridgman une réputation « d'orientaliste ».

« Orientaliste », il l'est, certes, et orientaliste d'un Orient bien à lui ! Ce n'est pas seulement Alger la Blanche qu'il peint, qu'il peint avec amour, avec des caresses voluptueuses dans la pâte de sa couleur : il est allé plus loin, il a plongé dans les sables du désert, dans les montagnes pelées et brûlées, pour nous en faire sentir tout l'indicible et le formidable.

Mais, pour être « orientaliste », il n'en échappe pas moins à la classification. Parfois il s'en prend à la mer, à la merveilleuse mer bretonne ; elle ne lui résiste pas, elle se lève, elle chante, crie et moutonne pour lui, si bien qu'un de ses confrères, un autre peintre de haut renom, pouvait lui dire : « Mais on croirait que vous n'avez jamais peint que des marines ! »

Ou bien il nous montre des chevaux : « Décidément, lui dit un autre, vous devriez toujours faire des chevaux ! »

Et un troisième — devant d'autres toiles — de conclure : « Votre paysage, dans ces tableaux-là, est si bien venu, que vous devriez presque enlever les figures ! »

Voilà un éloge tel que rarement « peintre de genre » en entendit.....

Vous pensez qu'avec un tempérament pareil, entraîné qu'il est vers tout ce qui est grand, comme vers tout ce qui est exquis, F.-A. Bridgman a commencé beaucoup d'œuvres. Mais, depuis deux ans, pris de remords, pris de frisson devant tant de toiles « en train », il les a terminées, sans leur enlever la vigueur de l'ébauche, — et à telle d'entre elles, esquissée il y a vingt ans, il vient d'ajouter le « je ne sais quoi » de définitif, la griffe de l'artiste accompli.

Il a mis de côté les portraits, les sujets décoratifs ; mais il se montre à peu près sous toutes les autres formes de son talent multiple et prestigieux. Les scènes d'Orient, en plein air, coudoient les intérieurs. Voici le désert ; voici les chevaux, les chameaux. Tout près d'un robuste derviche, c'est une femme délicate, un corps de neige, une âme de gaze. Plus loin, des lions, — ailleurs des marines, — et enfin des paysages d'autant plus originaux, qu'il s'agit ici de la Suisse, mais d'une Suisse intime, de ce grave et doux Jura, avec ses croupes sévères, ses vallons frais, ses maisons aux toits en « bardeaux » brillants.....

Tout cela, savant et sûr comme dessin, est,

comme couleur, d'une hardiesse, d'une franchise rare ; tout cela baigne dans la lumière, — et c'est la conception d'un artiste bien vivant, amoureux de la vie à un tel point, qu'il nous force nous-mêmes à l'aimer.

CHARLES FUSTER

DÉSIGNATION

1 -- Pêcheur au lac de Genève.

> Haut., 27 cent.; larg., 37 cent.

2 — Village de Lussy (Jura).

> Haut., 3o cent.; larg., 5o cent.

3 — Près de Lausanne.

> Haut., 3o cent.; larg., 5o cent.

4 — Village au bord du lac de Genève.

> Haut., 3o cent.: larg., 5o cent.

5 — A Saint-Maurice (Suisse).

> Haut., 38 cent.; larg., 46 cent.

6 — Vieille maison de campagne dans le
Jura.

> Haut., 48 cent.; larg., 65 cent.

7 — Le Nil, le soir.

> Haut., 21 cent.; larg., 46 cent.

8 — Algérienne sous les néfliers.

> Haut., 41 cent.; larg., 32 cent.

9 — Village dans le Maroc.

> Haut., 43 cent.; larg., 54 cent.

10 — Intérieur de Biskra.

> Haut., 34 cent.; larg., 42 cent.

11 — Le Couscous, les pauvres.

> Haut., 33 cent.; larg., 46 cent.

12 — Pêcheurs réparant leur filet (Bretagne).

> Haut., 40 cent.; larg., 54 cent.

13 — Femme espagnole.

> Haut., 65 cent.; larg., 48 cent.

14 — La baie de Dinard.

> Haut., 42 cent.; larg., 35 cent.

15 — Côtes de Bretagne, orage.

> Haut., 25 cent.; larg., 43 cent.

16 — Sur la Rance, près Saint-Malo.

> Haut., 43 cent.; larg., 65 cent.

17 — Au Tennis-Club, Dinard.

> Haut., 27 cent.; larg., 37 cent.

18 — Rêverie.

> Haut., 41 cent.; larg., 32 cent.

19 — Little Lord Fauntleroy.

> Haut., 42 cent.; larg., 32 cent.

20 — Idylle.

>Pastel. Haut., 42 cent.; larg., 52 cent.

21 — Dans les bois, tête.

>Pastel. Haut.. 48 cent.; larg., 38 cent.

22 — Théâtre Siamois, Exposition de 1889.

>Haut., 23 cent.; larg., 38 cent.

23 — Au Trocadéro, Exposition 1878.

>Haut., 42 cent.; larg., 64 cent.

24 — Derviche du Caire.

>Pastel. Haut., 61 cent.; larg., 50 cent.

25 — Près Valorbes (Suisse).

>Haut., 48 cent.; larg., 65 cent.

26 — Près Valorbes, dans les ravins.

>Haut., 48 cent.; larg., 65 cent.

27 — A Morges, lac de Genève.

Haut., 1 mètre ; larg., 1 m. 75.

28 — Après le bain.

Haut., 55 cent.; larg., 43 cent.

29 — Jeune fille turque.

Pastel. Haut., 60 cent.: larg., 51 cent.

30 — Cheval arabe sous les arbres.

Haut., 46 cent.; larg., 65 cent.

31 — Cavaliers arabes au bord de la mer.

Haut., 48 cent.: larg., 73 cent.

32 — Chevaux, à Biskra.

Haut., 75 cent.; larg., 98 cent.

33 — Arabe et son cheval.

Haut., 52 cent.: larg., 62 cent.

34 — Dans un parc, lac de Genève.

Pastel. Haut., 37 cent.; larg., 49 cent.

35 — Au bord du lac Leman.

Pastel. Haut., 37 cent.; larg., 49 cent.

36 — Environs de Morges.

Pastel. Haut., 37 cent.; larg., 49 cent.

37 — Attendant la marée (Bretagne).

Haut., 70 cent.; larg., 91 cent.

38 — Plantation du colza (Normandie).

Haut., 83 cent.; larg., 1 m. 43.

39 — Chef de tribu en voyage.

Haut., 78 cent.; larg., 1 m. 18.

40 — Intérieur mauresque, à Mustapha.

Haut., 54 cent.; larg., 73 cent.

41 — Baigneuse.

Pastel. Haut., 97 cent.; larg., 60 cent.

42 — Coucher de soleil, marine, Dinard.

Haut., 46 cent.; larg., 75 cent.

43 — Dans la Forêt, la Rêverie.

Pastel. Haut., 97 cent. ; larg., 60 cent.

44 — Lion à la rivière.

Haut., 40 cent.; larg., 57 cent.

45 — Tête de lion.

Haut., 73 cent.; larg., 60 cent.

46 — Tête de lionne.

Haut., 73 cent.; larg., 60 cent.

47 — Vieux marchand, au Caire.

Haut., 65 cent.; larg., 58 cent.

48 — Un coin de Tlemçen.

> Haut., 43 cent.; larg., 59 cent.

49 — Bateaux de sable, lac de Genève.

> Haut., 38 cent.; larg., 62 cent.

50 — Lion (Province de Constantine).

> Haut., 25 cent.; larg., 35 cent.

51 — Repos après le bain.

> Haut., 35 cent.; larg., 46 cent.

52 — Village de Tolga, Sahara.

> Haut., 33 cent.; larg., 41 cent.

53 — A Saint-Prex, lac Leman.

> Haut., 50 cent.; larg., 65 cent.

54 — Saint-Prex, le matin.

> Haut., 38 cent.; larg., 55 cent.

55 — Vallée du Rhône.

Haut., 50 cent.; larg., 30 cent.

56 — Dans la vallée du Rhône.

Haut., 50 cent.; larg., 30 cent.

57 — A Territet, lac Leman.

Haut., 41 cent.; larg., 35 cent.

58 — Jeune fille de Tlemcen, tête.

Haut., 46 cent.; larg., 38 cent.

59 — Femmes arabes à la couture.

Haut., 38 cent.; larg., 46 cent.

60 — Marine, Veules.

Haut., 38 cent.; larg., 60 cent.

61 — Grosse mer, le soir.

Haut., 46 cent.; larg., 77 cent.

62 — Saint-Servan, vue prise de Dinard.

Haut., 35 cent.; larg., 46 cent.

63 — Port de Saint-Malo, la nuit.

Haut., 33 cent.; larg., 44 cent.

64 — Clair de lune, château de Hénant.

Haut., 44 cent.; larg., 23 cent.

RED. :

16

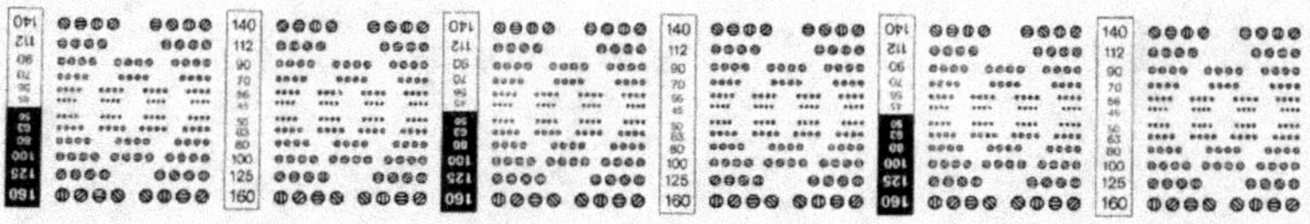

MIRE ISO N° 1
NF Z 43-007
AFNOR
Cedex 7 - 92080 PARIS-LA-DÉFENSE

379.89.70
graphicom

0 1 2 3 4 5 6 7 8 9 10